EXEMPLAIRE DE H. STETTINER

HÉLIO FORTIER-MAROTTE
[illegible]
PARIS

Collection F. BOHLER

TABLEAUX ANCIENS

DESSINS, PASTELS, GOUACHES

AQUARELLES

CATALOGUE

DES

TABLEAUX ANCIENS

Principalement de l'École Française

DES XVIIe, XVIIIe et XIXe SIÈCLES

Œuvres de :

BERGHEM, L. BOILLY, BONINGTON, BOTH, BOUCHER, BOUILLARD, CARESME, DE MARNE, DUPLESSIS, CLAUDE GELLÉE, HEINSIUS, E. ISABEY, LAGRENÉE, LANCRET, LANTARA, LE PEINTRE, LÉPICIÉ, MARCENAY DE GUY, MOREAU LE JEUNE, OLLIVIER, PATER, PILLEMENT, PRUD'HON, REGNAULT, HUBERT ROBERT, SAUVAGE, SCHALL, TAUNAY, VAN VELDE, WATTEAU, ETC., ETC.

DESSINS ANCIENS

AQUARELLES, GOUACHES, PASTELS

PAR

BOILLY, BOSIO, BOUCHER, BOZE, DANLOUX, VAN DYCK, HOIN, HUET, JULLIARD, LA TOUR, MOREAU LE JEUNE, OUDRY, PANINI, PATER, PERNET, PERRONNEAU, RIGAUD, HUBERT ROBERT, SAINT-AUBIN, VAN LOO, ETC.

Composant la Collection de M. F. BOHLER

ET DONT LA VENTE, AUX ENCHÈRES PUBLIQUES, AURA LIEU

HOTEL des COMMISSAIRES-PRISEURS, Rue Drouot, n° 9

SALLE N° 7

LE VENDREDI 23 FÉVRIER 1906

à deux heures

COMMISSAIRE-PRISEUR

Me PAUL CHEVALLIER

10, rue Grange-Batelière

EXPERT

M. PAUL ROBLIN

65, rue Saint-Lazare

EXPOSITION PUBLIQUE

Le Jeudi 22 Février 1906, de 1 heure 1/2 à 5 h. 1/2

CONDITIONS DE LA VENTE

Elle sera faite au comptant.

Les adjudicataires paieront *dix pour cent* en sus des enchères.

Paris. — Imp. de l'Art, E. Moreau et Cie, 41, rue de la Victoire.

La Collection F. BOHLER

Les amateurs du dix-huitième siècle — et ils sont légion — peuvent se réjouir, car la Collection Bohler qui va voir le feu des enchères, le 23 février, est composée d'œuvres appartenant presque uniquement à cette séduisante époque. Elle porte bien sa marque d'origine, et elle offre un caractère frappant d'unité. Devant ces peintures, ces dessins, ces pastels, on comprend une fois de plus l'engouement des connaisseurs pour cet incomparable dix-huitième siècle : jamais, vraiment, l'art ne fut plus élégant, plus gracieux, plus vivant, plus poétique et plus tendre.

M. Bohler aime passionnément ce temps, devenu si fort à la mode, il l'a étudié, il en connaît l'histoire et le prestige, il en a le sens véritable, et on peut dire que c'est dans un élan continu d'admiration qu'il s'est mis à la poursuite d'œuvres intéressantes et authentiques, qu'il a voyagé pour les découvrir, et qu'il a pu former une très belle collection.

Il arrive souvent que les amateurs, après avoir étudié une époque, se passionnent pour une autre, disent adieu aux œuvres d'un siècle, recueillies d'abord, et consacrent leur activité à des découvertes nouvelles. C'est le cas de M. Bohler. En lui, le chasseur du dix-huitième siècle fait place au chercheur avide d'un temps plus reculé ; c'est pourquoi il se sépare de sa collection qui déjà commence à être remplacée par une autre.

Parmi les dessins, les connaisseurs remarqueront tout d'abord une Préparation *de premier ordre par La Tour, pour le portrait au pastel de l'abbé Pommyer. Très poussée, cette Étude est, par elle-même, une œuvre complète. Il suffit de la regarder pour être empoigné, et pour ressentir cette intensité de vie que le maître a fait passer dans toutes ses œuvres, et qui chez lui est si caractéristique.*

Le Paysage *de Hoin est d'une séduction infinie : une solitude boisée, un buste de Priape à un carrefour de verdure, et, sous un vieil arbre, deux amants. On sent passer là le souffle de la nature, le frisson mystérieux qui nous attire au fond des bois, dans les clairières odorantes, vers les chemins délaissés, où subsiste encore quelque vestige d'art, comme ce buste antique d'un dieu souriant et débonnaire.*

D'autres dessins, tout à fait remarquables, attirent l'attention : notamment un portrait d'homme, par Danloux, un portrait de fillette par Boilly, une vue du parc d'Armenonville, avec escalier et bosquets, par Oudry... Quelle perfection dans des genres différents! Le dessin d'Oudry peut, à juste titre, passer pour un des plus beaux de l'artiste. Quel document pour comprendre la vie des grands seigneurs d'autrefois !

Parmi les pastels, qui n'admirerait le Portrait de Femme, *par Boze, et le portrait présumé de Mademoiselle La Roche, actrice de l'Opéra, par Perronneau. Dans le premier, c'est le triomphe de la beauté physique, des grands yeux séducteurs, des formes opulentes ; dans le second, c'est celui de l'intelligence en éveil, de la finesse d'esprit, de la grâce sémillante et spirituelle.*

Arrivons à la peinture. Voici Boucher avec le portrait de Mlle Alexandrine d'Etiolles, fille de Madame de Pompadour ; Lépicié avec un portrait de fillette ; Ollivier, nous le croyons, avec un portrait de la comtesse d'Egmont ; Mlle Marie Bouillard, élève de Greuze, avec son propre portrait ; Caresme avec une Bacchante en délire ; Sauvage avec une merveilleuse grisaille ; De Marne et Pillement avec des paysages qui enchantent les yeux, et répandent dans l'âme un merveilleux apaisement.

On connaissait déjà un dessin intéressant de Boucher consacré à la fille de la Pompadour. Le portrait de la Collection Bohler présente un plus grand intérêt encore. Cette enfant de la favorite mourut jeune, et son fragile souvenir a je ne sais quoi de touchant qui se mêle aux échos de la grande histoire.

Devant le Portrait de Marie Bouillard, par elle-même, *personne n'hésite, et l'opinion est unanime pour s'écrier : Quel chef-d'œuvre de grâce, de douceur, d'attirante sympathie ! J'envie l'amateur qui possèdera chez lui ce portrait ; il ne pourra le regarder sans rendre hommage à l'élève de Greuze qui l'a peint, et qui certainement ici a égalé son maître.*

Le portrait de la comtesse d'Egmont, attribué à Ollivier, est, lui aussi, une œuvre pleine d'intérêt. C'est la grande dame du dix-huitième siècle dans tout l'éclat de la jeunesse et de la fortune. C'est ainsi que Gustave III, roi de Suède, dut la voir, quand il vint en France, et lui témoigna sa sympathie.

Les paysages de la Collection Bohler mériteraient une longue mention, car ils sortent du pinceau de De Marne, de Pillement, d'Oudry, de Lantara, etc.

Pour la fin de cette rapide nomenclature, nous avons réservé la Mascarade Italienne, *attribuée à Watteau. On reconnaît dans cette toile le style du grand artiste, le genre qui l'a immortalisé, ce genre si français des fêtes galantes, des divertissements champêtres, des amoureux passe-temps. Ici, comme dans toutes les compositions de l'artiste, l'amour est le maître et le roi de la fête, et cette mascarade pour chacun n'est qu'un prétexte, une occasion pour aimer, mais pour aimer à la manière de Watteau, « amour poétique, amour qui songe et qui pense, amour moderne, avec ses aspirations et sa couronne de mélancolie. »*

Dans la découverte et l'acquisition de tant de toiles intéressantes, M. Bohler a dû ressentir des joies profondes qu'on ne peut guère définir, mais que tous les amis des belles œuvres comprennent et recherchent, eux aussi. Nous devons, je crois, nous montrer reconnaissants pour ces passionnés qui consacrent de longues années et des soins infinis à former une collection choisie comme celle-ci. Ils n'ont recueilli le plaisir qu'après la peine. Grâce à leur patience éclairée, nous avons largement le plaisir, et toute la peine nous est épargnée.

HIPPOLYTE BUFFENOIR.

DÉSIGNATION

DESSINS ANCIENS

GOUACHES, PASTELS, AQUARELLES

BOILLY (L.)

1761-1845

1 — *Portrait du baron Percy, chirurgien en chef des armées.*

En buste, la tête dirigée vers la droite, il porte au cou la cravate de la Légion d'honneur et sur son habit le grand cordon d'un ordre étranger.

Beau dessin au crayon noir rehaussé de pastel.
Cadre en baguette Louis XVI, doré.

Haut., 23 cent.; larg., 19 cent.

BOILLY (L.)

1761-1845

2 — *Portrait de Jeune Fille.*

Vue de trois quarts à droite, la tête nue, regardant de face, gantée, avec un châle laissant voir le bras nu.

Beau dessin à la pierre noire d'un fini achevé.

Haut., 26 cent.; larg., 20 cent. 1/2.

BOSIO (J.-Fr.)

1764-1827

3 — *Une Guinguette en 1799.*

A gauche, orchestre de musiciens sur une estrade. Femmes assises au bas, puis, au centre, couples de danseurs : à droite, spectateurs dans des attributs divers. Un lustre éclaire la scène. Porte d'entrée à droite. Au premier plan, deux chiens.

Cette belle composition à la plume et au lavis d'encre de chine a été gravée.

Cadre ancien, en bois sculpté et doré, de l'époque Louis XVI.

Haut., 36 cent.; larg., 53 cent.

BOUCHER (Fr.)

1703-1770

Boucher, en qui s'incarne le goût français du XVIIIe siècle, s'est manifesté en lui dans toute la particularité de son caractère, il en demeurera non seulement le peintre, mais le témoin, le représentant, le type.

(E. et J. de Goncourt, *l'Art du XVIIIe siècle.*

4 — *Amours.*

Cette belle composition qui provient du cabinet de Messire Gaspard Moyse de Fontanieu, intendant et conseiller général des Meubles de la Couronne, a été gravée par *Demarteau* l'aîné, qui la lui a dédiée.

Sanguine.

Haut., 35 cent.; larg., 28 cent.

BOUCHER (Fr.)

1703-1770

5 — *Tête de Vieillard à grande barbe.*

En buste, la tête dirigée vers la gauche, les cheveux et la barbe en broussaille. Avec manteau de fourrure.

Vigoureux dessin aux crayons de couleurs.

A été gravé par G. Demarteau, dont on a joint la gravure au dos du cadre.

Cadre en bois sculpté et doré, de style Louis XV.

Haut., 19 cent.; larg., 13 cent.

BOUCHER (Fr.)

1703-1770

6 — *L'Air.*

Un couple d'enfants jouent avec un oiseau voltigeant, qu'une cordelette retient captif. Au premier plan, une cage ouverte. A gauche, un piédestal surmonté d'un vase.

Cette composition ainsi que son pendant ont été commandés à l'artiste par Mme la Marquise de Pompadour, pour être exécuté en tapisserie et pour orner le château de Bellevue.

Vigoureuse et puissante étude à la pierre noire, rehaussée de blanc, sur papier gris foncé.

Cadre ancien en bois sculpté et doré, de l'époque de Louis XVI.

Haut., 76 cent.; larg., 56 cent.

BOUCHER (Fr.)

1703-1770

(PENDANT DU PRÉCÉDENT)

7 — *La Terre.*

Un couple d'enfants se livrent au jardinage. Petit garçon tenant une bêche, petite fille rangeant des fruits dans une corbeille. Au premier plan, des melons ; à droite et à gauche, accessoires de jardin.

Vigoureuse et puissante étude à la pierre noire, rehaussée de blanc, sur papier gris-foncé.

Cadre ancien en bois sculpté et doré, de l'époque de Louis XVI.

Haut., 76 cent.; larg., 56 cent.

BOUCHER (D'après Fr.)

1703-1770

8 — *La Voluptueuse.*

En buste, de face. La tête appuyée sur un coussin jaune, une jeune femme semble goûter le charme d'un rêve, le regard perdu dans l'espace. Robe bleue décolletée. Ruban noir autour du cou. Tête nue, boucles d'oreilles.

Pastel ovale du xviiie siècle.

Haut., 48 cent.; larg., 36 cent.

BOUCHER (Attribué à Fr.)

1703-1770

9 — *Scène du Malade Imaginaire* (Comédie de Molière).

Sanguine.
Cadre ancien en bois sculpté et doré, de l'époque de Louis XIII.

Haut., 19 cent.; larg., 14 cent.

BOURGEOIS

Mort en 1812

10 — *La Clochette,* d'après H. FRAGONARD.

Charmante gouache.
Signée : *Bourgeois.*
Cadre en bois sculpté et doré, de style Louis XV.

Haut., 14 cent.; larg., 11 cent.

BOZE (J.)

1744-1826

11 — *Portrait de Jeune Femme.*

Vue en buste, de trois quarts à gauche, regardant de face, cheveux relevés retombant en boucles, légère échancrure au corsage de satin bleu, avec fichu de dentelle sur les épaules.

Pastel ovale, plein de fraîcheur, parfaitement conservé.
Signé à droite : *J. Boze, 1792.*

Haut., 46 cent.; larg., 38 cent.

N° 11. — J. BOZE

1.350
Behrendt

DANLOUX

1753-1809

12 — *Portrait d'Homme.*

De profil, dirigé vers la droite. Il est coiffé d'un chapeau à larges bords. Habit à grand col et cravate blanche.

Charmant dessin au crayon noir.

Signé : *Danloux, 1791.*

Cadre rond en bois sculpté et doré, avec fronton de style Louis XVI.

Diam., 15 cent.

DYCK (A. VAN)

1599-1641

13 — *Portrait d'Homme.*

Vu en buste, la tête tournée de gauche à droite. Physionomie sérieuse ; collerette de dentelles. Veste avec parements aux épaules. Moustaches et barbe soignées. Le regard est d'une expression saisissante.

Très beau dessin à la pierre noire.

Cadre en bois sculpté et doré, de l'époque Louis XIV.

Haut., 13 cent. 1/2; larg., 10 cent.

HOIN (J.-C.)

1750-1817

14 — *Paysage.*

Dans un bois plein de mystère et de poésie, abrités sous de vieux arbres penchés par les ans, deux amoureux se tiennent enlacés ; le silence qui préside à leurs ébats les invite aux plus douces confidences. Au centre, dans une clairière, le buste de Priape paraît les protéger.

Vigoureux dessin à la plume et au lavis de bistre.

Signé au bas : *J. H. F.*

Cadre ancien en bois sculpté et doré, de l'époque Louis XIV.

Haut., 20 cent.; larg., 27 cent.

HUET (J.-B.)

1745-1811

15 — *Offrande à Priape.*

Au milieu d'un paysage rustique, se dresse le buste du Dieu. Des nymphes, des satyres et des amours lui offrent des fleurs et l'enguirlandent.

Spirituel dessin à la plume et au bistre.

Signé en haut : *J.-B. Huet, 1777.*

A été gravé.

Haut., 21 cent.; larg., 28 cent.

N° 14. — J. C. HOIN

410 Lemeilleur

HUET (J.-B.)

1745-1811

16 — *Cour de Ferme.*

Au premier plan, un paysan conduisant une génisse, puis des moutons, des poules. A gauche, dans le fond, habitation rustique avec un escalier où l'on aperçoit une mère et son enfant. A droite, ouverture sur un jardin, et femme cueillant des fleurs.

Charmant dessin à la sanguine.

Signé en haut à droite : *J.-B. Huet, 1772.*

A été gravé.

Cadre ancien en bois sculpté et doré, de l'époque Louis XVI.

Haut., 21 cent.; larg., 31 cent.

JULLIARD (N.)

1715-1790

17 — *La Petite Bergère.*

Sur fond bleu, se détache la jeune bergère, assise, la tête tournée de face. Jupe rouge, corsage blanc et rose. A gauche, une chèvre. A droite, un panier rempli de fleurs, et le chapeau de la bergère. Dans le fond, à droite, des arbres.

Œuvre achevée, très gracieuse.

Gouache pastellée sur parchemin, dans la manière de Fr. Boucher.

Cadre ancien en bois doré et sculpté, avec fronton et pendantifs de lauriers, de l'époque Louis XVI.

Haut., 35 cent.; larg., 26 cent.

LA TOUR (M. Q. DE)

1704-1788

18 — *Portrait de l'abbé Pommyer.*

500
François Flameng

Tourné vers la gauche, le visage vu de face, avec un rayon de lumière venant de la gauche.

Cette préparation de portrait en buste est très poussée et rappelle ce que les Goncourt ont dit de l'artiste : » La Tour est avant tout l'homme unique des ***préparations***, de ces savantes et vivantes ébauches de la physionomie humaine, qui peuvent tenir à côté de n'importe quel portrait de quelque école que ce soit ».

Superbe étude à la pierre noire, rehaussée de pastel sur papier bleu.

Cadre en bois sculpté et doré, de style Louis XV.

Haut., 44 cent.; larg., 37 cent.

LE DRU (H.)

1769-1840

110

19 — *Portrait présumé de Schall,* artiste peintre.

Beau dessin à la pierre noire.

Signé : *Hilaire Le Dru*, exposé au Salon de 1796.

Haut., 42 cent.; larg., 36 cent.

MOREAU LE JEUNE (J.-M.)

1741-1814

20 — *Portrait de Femme.*

Vue en buste, assise de trois quarts à gauche, regardant de face; cheveux relevés, coiffe ornée de dentelle, avec nœud; fichu de dentelle noué sur la poitrine.

Charmant et spirituel dessin à la pierre noire, rehaussé de crayons de couleurs.

Cadre ovale ancien en bois sculpté et doré, de l'époque Louis XVI.

Haut., 17 cent.; larg., 13 cent.

OUDRY (J.-B.)

1686-1755

21 — *Portrait de Louis XV jeune.*

De face, le regard dirigé vers la gauche, cravate blanche et rubans noirs.

Pierre noire, rehaussé de blanc sur papier bleu.
Signé à l'encre à gauche : *B. Oudry*.
Cadre baguette Louis XV, sculpté et doré.

Haut., 31 cent.; larg., 27 cent.

OUDRY (J.-B.)

1686-1755

22 — *Escalier dans le parc d'Armenonville.*

A droite et à gauche, allées de verdure. Au centre, grand escalier conduisant à une terrasse et à des bosquets garnis de treillage. Çà et là, personnages ; un chien qui court.

Ce dessin est accompagné, au verso, d'une note du baron Pichon, qui explique comment il se fait qu'on voit, dans la composition, des personnages dont le costume est postérieur à l'époque d'Oudry. Les Goncourt donnent aussi la même explication.

Très beau dessin à la pierre noire, rehaussé de blanc sur papier bleu.

Signé : *J.-B. Oudry, 1744.*

Haut., 30 cent.; larg., 46 cent.

PANINI

1665-1768

23 — *Le Temple de Vesta.*

A droite, le temple s'élève, inachevé. Entre deux colonnes, une femme et son enfant. A gauche, des ruines, un vase gigantesque, une pyramide, des chapiteaux, un vieux château fort. Au milieu, un chemin, une femme, un homme monté sur un âne, un vagabond.

Belle composition à la plume et à l'aquarelle.

Signé.

Haut., 30 cent. ; larg., 40 cent.

PARIZEAU (Ph.-L.)

24 — *Halte de cavaliers.*

A gauche, vieille auberge adossée à une tour et à des ruines ; à droite, une croix de bois qui surmonte un puits. Au centre, un cavalier et une amazone sont arrêtés et se rafraîchissent. Çà et là, un chien qui boit, des poules, un âne qui brait, l'aubergiste et sa famille.

Composition fort intéressante à la plume et au lavis de sépia.

Cadre ancien en baguette Louis XVI, sculpté et doré.

Haut., 43 cent.; larg., 35 cent.

PATER (J.-B)

1695-1736

25 — *Feuille d'étude.*

Au milieu, un chasseur assis tenant un fusil entre les jambes. A droite et à gauche, des études de mains dont trois tenant cuiller et tasse à café.

Spirituelle composition à la sanguine.

Haut., 20 cent.; larg., 27 cent.

PERNET

XVIIIe siècle

26 — *Paysage avec ruines.*

Ruines d'une habitation grandiose, avec colonnades, portique, envahies par des arbustes. A gauche, un pont attenant au palais délaissé, et surmonté encore d'une statue qui semble représenter Minerve. Lions de chaque côté. Au premier plan, des pierres, des marbres brisés. Çà et là quelques personnages.

Beau dessin à la plume et à l'aquarelle.

Cadre en bois sculpté et doré, de l'époque Louis XVI.

Haut., 27 cent.; larg., 21 cent.

PERRONNEAU (J.-B.)

1715-1783

27 — *Portrait présumé de Mlle Laroche, actrice de l'Opéra.*

Vue en buste, légèrement tournée vers la gauche, et regardant de face. Robe décolletée, manteau rose sur les épaules, nœud bleu sur la poitrine. Les cheveux poudrés et ayant autour du cou un ruban avec nœud bleu.

Physionomie très spirituelle et d'une exécution ayant toutes les grâces du maître.

Beau pastel ayant un peu souffert.

Cadre ancien en bois sculpté et doré, de l'époque de Louis XVI.

Haut., 45 cent.; larg., 36 cent.

N° 27. — J. B. PERRONNEAU

820 Roblin

RIGAUD (H.)

1659-1743

28 — *Portrait de Philippe V, roi d'Espagne.*

Vu à mi-jambes, de trois quarts à gauche, regardant de face, avec la grande perruque, au cou la Toison d'or, l'épée et le manteau de cour retombant.

Beau dessin à la pierre noire, rehaussé de blanc sur papier gris.

Haut., 28 cent.; larg., 21 cent.

ROBERT (HUBERT)

1733-1808

29 — *Les Lavandières.*

A gauche, un magnifique palais ; à droite, une fontaine avec vasque, surmontée d'une statue de quelque divinité féminine. Femmes lavant, et étendant du linge. Grande éloquence des contrastes.

Plume et aquarelle.

Haut., 25 cent.; larg., 32 cent.

ROBERT (Hubert)

1733-1808

(PENDANT DU PRÉCÉDENT)

30 — *Les Gondoles.*

A droite, un palais fastueux, avec un portique à colonnes. Dans le fond, des jardins formant terrasses. A gauche, des ruines avec un personnage debout et des femmes en contre-bas. L'eau baigne les murs du palais, auprès duquel apparaissent les gondoles, dont l'une va partir avec des personnages. Très grande poésie de la vie luxueuse de jadis.

Plume et aquarelle.

Haut., 25 cent.; larg., 32 cent.

ROBERT (Hubert)

1733-1808

31 — *Escalier monumental de la Villa Médicis.*

Dessin largement traité. A gauche, la villa Médicis apparaît avec ses colonnes et son large portique. Çà et là, des groupes causent en montant l'escalier. A droite, ruines et visiteurs. Dans le fond, se dresse un obélisque.

Magnifique sanguine, de la plus belle qualité.

Haut., 38 cent.; larg., 50 cent.

ROBERT (HUBERT)

1733-1808

32 — *Escalier avec fontaines et statues.*

A gauche, un palais qui se prolonge dans le fond et à droite. Au pied de l'escalier apparaît une fontaine, et çà et là des statues de divinités.

Vigoureux dessin à la sanguine.

Cadre en bois sculpté et doré, de l'époque Louis XVI.

Haut., 50 cent.; larg., 39 cent.

ROBERT (HUBERT)

1733-1808

33 — *Naumachie avec colonnades.*

Charmante et spirituelle étude, rappelant une des compositions ayant décoré le salon du Château de Méréville.

Pierre noire légèrement rehaussé d'aquarelle.

Haut., 14 cent.; larg., 18 cent.

SAINT-AUBIN (AUG. DE)

1736-1807

34 — *Portrait présumé de Mme Ducis.*

Vue à mi-corps, assise, de trois quarts à gauche, regardant en face, la tête légèrement inclinée, avec un bonnet surmonté d'un nœud. Echancrure au corsage, et mantelet de soie, garni de ruche.

Charmant dessin à la mine de plomb et à la pierre noire.

Cadre en bois sculpté et doré, de style Louis XVI.

Haut., 11 cent. 1/2; larg., 10 cent.

VAN LOO (CARLE)

1705-1765

35 — *Soldats.*

Réunion d'hommes d'armes cuirassés, casqués et armés de lances et de hallebardes. Au premier plan, un homme assis par terre, semble s'entretenir avec le chef; à gauche, une barque qu'un pêcheur manœuvre.

Vigoureux dessin à la sanguine, de la plus belle qualité.

A été gravé par G. Demarteau, qui l'a dédié à l'artiste.

Haut., 37 cent.; larg., 30 cent.

ÉCOLE FRANÇAISE (XVIIIe siècle)

36 — *Portrait de Femme.*

La tête légèrement inclinée à gauche, elle regarde de face. En buste, décolletée, avec des rubans dans les cheveux blonds, qui retombent à gauche. Fond gris-bleu. Grâce et jeunesse, dans ce beau pastel du XVIIIe siècle.

Pastel ovale.
Cadre en bois sculpté et doré.

Haut., 42 cent.; larg., 33 cent.

ÉCOLE FRANÇAISE (XVIIIe siècle)

37 — *Portrait de Femme.*

Sur fond gris-bleu, en buste, décolletée, une jeune femme, tournée à droite, regarde de face. Fleurs et ruban rose dans les cheveux. Le buste se perd dans une draperie bleue et des dentelles. Yeux bleus expressifs.

Pastel parfaitement conservé, et d'une grande séduction.
Signature illisible et daté 1737.
Cadre en bois sculpté et doré, de style Louis XV.

Haut., 45 cent.; larg., 35 cent.

ÉCOLE FRANÇAISE (XVIIIe siècle)

38 — *La Toilette.*

Dans un élégant boudoir, une dame de qualité, debout, achève sa toilette. A droite, une suivante lui prête son aide. A gauche, un jeune seigneur est assis, et semble lui faire une déclaration. Table et accessoires de toilette.

Pierre noire, rehaussée de blanc sur papier bleu.

Haut., 41 cent.; larg., 30 cent.

TABLEAUX ANCIENS

BERGHEM (Nic.)

1624-1683

39 — *Le Retour du Marché.*

Dans le fond, à droite, ruines d'un château et paysage boisé. Au premier plan, sur un âne, une paysanne est assise, portant un panier. A côté d'elle, un enfant, une femme, un villageois, un chien. Par devant, paysans. Fond bleu et nuages.

Signé au milieu : *N. Berghem.*
Cadre en bois sculpté et doré.

Toile. Haut, 40 cent.; larg., 50 cent.

BOILLY (L.)

1761-1846

40 — *Cavalier à la porte d'une auberge.*

Le cavalier, sur un cheval blanc, est arrêté, et se penche vers la femme de l'auberge qui va lui donner à boire. A droite, un chien couché. Vers la gauche, au premier plan, deux petits paysans en contemplation devant le cavalier et sa monture. Scène de fine observation.

Signé à droite : *L. Boilly.*

Cadre ancien en bois sculpté et doré, de l'époque Louis XVI.

Toile. Haut., 45 cent.; larg., 35 cent.

BONINGTON (R.-P.)

1801-1828

41 — *Paysage.*

Ce paysage rappelle le pont de Sèvres et les environs, avec le Mont-Valérien. Au premier plan, rivière avec une embarcation, puis le pont, et dans le fond, montagne avec un village à mi-côte. A droite et à gauche, bouquets d'arbres. Une des berges est en pleine lumière. Mariniers dans un sentier, à droite.

Cadre à canneaux, en bois sculpté et doré.
Toile signée : *R. P. B. 1826.*

Haut., 28 cent.; larg., 40 cent.

BONINGTON (R.-P.)

42 — *Paysage au bord de la mer.*

Sous un ciel orageux, la mer est démontée. Sur le rivage, femmes regardant leurs demeures. A droite, arbres et rochers.

Belle et vigoureuse esquisse sur bois.

Haut., 24 cent.; larg., 30 cent.

BOTH (JEAN)

1610-1650

43 — *Paysage.*

Au premier plan, un berger, son troupeau, une femme assise. A droite, le ciel éclairé, horizon de montagnes ; à gauche, hauteurs boisées, et cours d'eau paisible sous les arbres.

Très joli paysage d'Italie, embrassant une vaste étendue.

Cadre en bois sculpté et doré, de style Louis XV.

Cuivre signé : *J. Both.*

Haut., 17 cent.; larg., 20 cent.

BOUCHER (Fr.)

1704-1770

44 — *Portrait de Mademoiselle Alexandrine d'Étiolles* (Fille de Madame de Pompadour).

Vue en buste, de profil à gauche, la tête tournée de face, avec de grands yeux, teint coloré, cheveux blonds relevés. Légère échancrure au corsage. Robe marron-jaune. Douce physionomie enfantine, rendue avec un grand art.

Peinture largement traitée.

Cadre en bois sculpté et doré, de style Louis XIV.

Toile. Haut., 28 cent.; larg., 21 cent.

BOUCHER (École de Fr.)

1703-1770

45 — *Vénus et Amours.*

La déesse apparaît nue, à demi appuyée à droite, et portée comme dans un nuage. Elle étend le bras droit. Un amour tient le flambeau symbolique, un autre offre des fleurs.

Composition très gracieuse.

Toile. Haut., 34 cent.; larg., 26 cent.

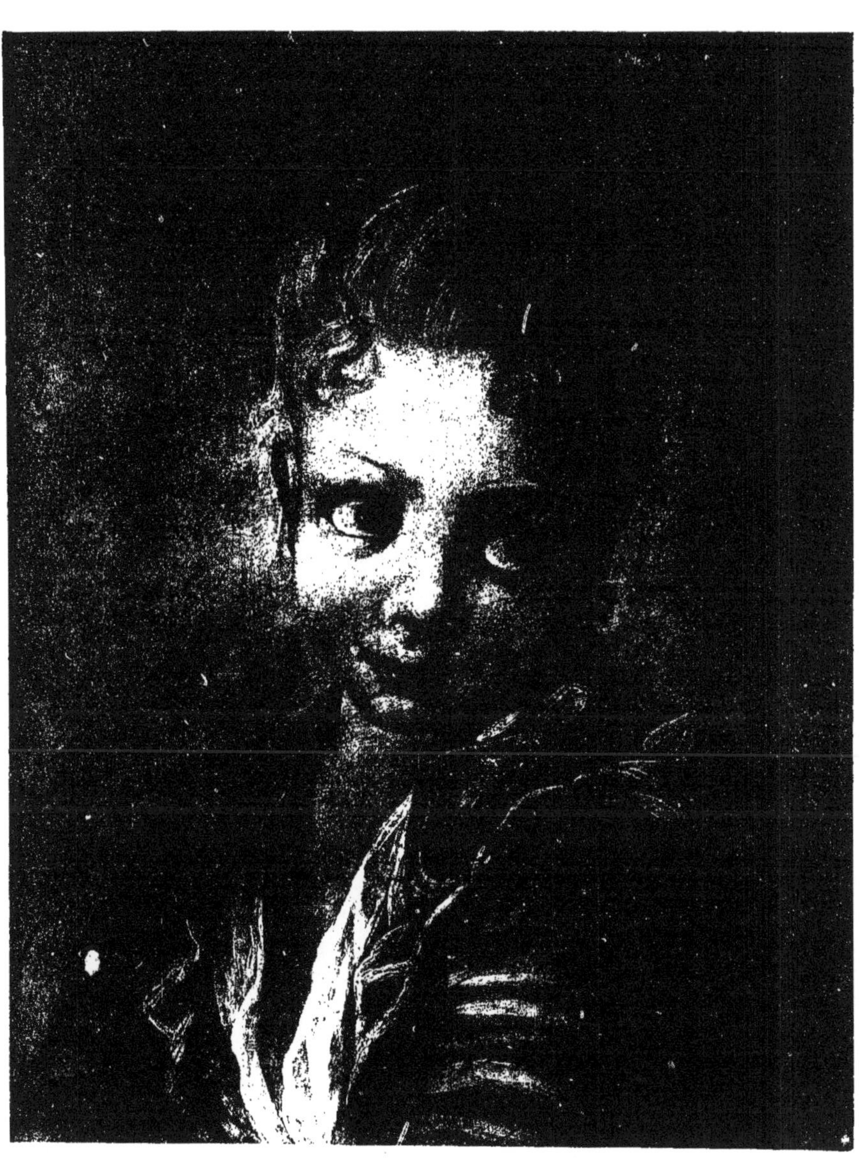

N° 44. — FR. BOUCHER

700

BOUILLARD (Marie)

1772-1819

(Elève de J.-B. Greuze)

46 — *Portrait de l'Artiste, par elle-même.*

Vue en buste, de face, décolletée, la tête légèrement inclinée vers la gauche. Ruban rose dans les cheveux blonds, abondants, qui retombent en boucles. Fichu en mousseline blanche, noué négligemment sur la poitrine. La jeune femme est assise sur un canapé rouge.

Œuvre parfaite dans sa grâce un peu mélancolique.

Signé, à gauche, des initiales *M. B.*

Cadre en bois sculpté et doré, avec fronton et pendantifs de roses, de style Louis XVI.

Toile. Haut., 26 cent.; larg., 21.

CARESME (Ph.)

1754-1796

47 — *Offrande à Priape.*

A droite, dans l'ombre, un buste de Priape adossé à la verdure. Une bacchante nue, debout, vue de face, se penche vers le Dieu, en levant les bras et en agitant des castagnettes. Dans le fond, horizon coloré du soir. Au premier plan, un tambourin, des fleurs, une amphore.

Peinture excellente, brillant coloris, expression élégante dans la Bacchante.

Cadre en bois sculpté et doré, avec pendantifs de lauriers, de style Louis XVI.

Bois. Haut., 33 cent.; larg., 18 cent.

DE MARNE (Jean)

1744-1829

48 — *Paysage avec troupeau.*

Dans un paysage montagneux, se détache, au premier plan, un troupeau suivi par une bergère et une paysanne portant un fardeau sur la tête. Au second plan, rideaux de vieux arbres et habitations. Cours d'eau à droite.

Œuvre pleine d'harmonie et très soignée.

Signé : *J. Demarne, 1795.*

Cadre en bois sculpté et doré, de l'époque Louis XVI.

Bois. Haut., 52 cent.; larg., 73 cent.

DUPLESSIS (J.-S.)

1725-1807

49 — *Portrait d'Homme.*

Vu en buste, de trois quarts à gauche, la tête légèrement tournée vers la droite, perruque avec nœud, habit vert-clair, jabot de dentelles.

Composition extrêmement soignée.

Signé à gauche : *J.-S. Duplessis, 1768.*

Cadre ovale avec fronton en bois sculpté et doré, de style Louis XVI.

Haut., 54 cent.; larg., 45 cent.

GELLÉE (CL.) (Dit le LORRAIN)

1600-1682

50 — *Paysage au bord de la mer.*

A droite, des arbres et temple en ruines. Dans le fond, horizon de montagnes, la mer, un oiseau, une ville. A gauche, des arbres. Au premier plan, au centre, des vaches et des chèvres paissent. On voit une jeune femme assise, qui semble la bergère, et qui regarde vers les arbres de gauche où se cache un berger amoureux.

Charme paisible partout répandu dans ce beau paysage.

Signé à droite : *Claudo.*

Cadre ancien en bois sculpté et doré, de l'époque Louis XIV.

Toile. Haut., 55 cent.; larg., 72 cent.

GREUZE (École de J.-B.)

1725-1805

51 — *Portrait de Jeune Femme.*

Vue en buste, la tête tournée de gauche à droite, décolletée, avec un petit bonnet agrémenté de dentelles, et un voile jeté sur les épaules. Au sein, une rose. Cheveux blonds.

Attitude pleine d'attraits, brillant coloris.

Cadre en bois sculpté et doré, avec fronton ruban, de style Louis XVI.

Toile. Haut., 34 cent.; larg., 26 cent.

GUÉRIN (P.-N.)

1774-1833

52 — *Mercure, Vénus et l'Amour.*

Mercure et Vénus, à demi-nus, semblent s'entretenir, pendant que l'Amour épelle dans un livre ouvert sur les genoux de Mercure. Dans le fond, en haut, des amours voltigent. Draperie bleue autour de Vénus, rouge autour de Mercure.

Composition très soignée dans sa grâce.
Cadre à canneaux en bois sculpté et doré.
Signé à gauche : *P.-N. Guérin.*

Toile. Haut., 26 cent.; larg., 21 cent.

HEINSIUS

XVIIIe siècle

53 — *Portrait de Femme.*

Vue en buste, de profil à droite, regardant de face. Décolletée, robe bleue garnie de dentelles, nœud de soie, avec manteau tombant à fond blanc. Coiffure en tapet avec une rose dans les cheveux.

Composition de grande allure.
Toile vierge, signée à gauche : *Heinsius, 1785.*
Cadre ovale en bois sculpté et doré, de l'époque Louis XVI.

Haut., 58 cent.; larg., 47 cent.

ISABEY (Eug.)

1803-1886

54 — *Paysage.*

A gauche, la mer, une baie, des habitations, un chemin. A droite, des rochers couronnés d'arbres et d'arbustes, puis des hauteurs nues. Quelques groupes au pied de la falaise.

Composition très soignée dans sa sobriété.

Bois. Haut., 16 cent.; larg., 29 cent.

ISABEY (Eug.)

1803-1886

55 — *Portrait d'une Jeune Femme et de son Enfant.*

Assise et tenant un livre ouvert sur ses genoux, la jeune femme a son fils debout près d'elle. Elle est en toilette de soirée, un peu décolletée, les avant-bras nus. Par la fenêtre, à gauche, on aperçoit la mer. Attitude pleine de noblesse.

Très gracieuse composition.

Cadre ancien en bois sculpté et doré, de l'époque Louis XVI.

Toile. Haut., 21 cent.; larg., 15 cent.

LAGRENÉE (J.-Fr.)

1724-1805

56 — *Nymphe et Amour.*

Sous un arbre, dans un paysage champêtre, la Nymphe, à demi-nue, est assise. D'une main, elle retient des fleurs sur ses genoux couverts d'une draperie bleue, l'autre main est levée dans un geste charmant. Chaussure à l'antique. Derrière l'arbre, à gauche, l'amour apparaît.

Très gracieuse composition.

Toile ovale. Haut., 54 cent.; larg., 44 cent.

LANCRET (Attribué à N.)

1690-1743

57 — *L'Été.*

A droite et à gauche, des arbres se détachant sur un fond éclairé. Au premier plan, des moissonneurs à gauche; au centre, couple amoureux; à droite, une ronde de danseurs.

Ce tableau semble être la préparation de l'œuvre achevée de Lancret, qui est au Louvre, et qui porte aussi le même titre.

Esquisse sur bois.

Haut., 21 cent.; larg., 29 cent.

LANTARA (S.-M.)

1729-1778

58 — *Le Pont rustique.*

A droite, le pont rustique sur lequel passent des paysans et du bétail; dessous, la rivière éclairée. A gauche, quelques arbres, un village; dans le lointain, des montagnes. Pêcheurs sur le bord de l'eau.

Tableau d'une grande vérité de site, un ciel merveilleusement nuagé, un feuillé agréable, des lointains légèrement touchés, un heureux effet de lumières caractéristiques des paysages de Lantara.

Signé : *Lantara 1786.*

Cadre à canneaux en bois sculpté et doré.

Toile. Haut., 23 cent.; larg., 30 cent.

LANTARA (S.-M.)

1729-1778

59 — *Artiste dessinant dans un Paysage.*

Dans le fond, sur une hauteur, un vieux château. A droite et à gauche, des rochers couronnés de verdure et d'arbustes. Le regard se perd en suivant le cours d'une rivière. Un pont de pierres rejoint deux rives. Un artiste assis, au premier plan, peignant une cascade. A côté de lui, personnage debout, vêtu d'un habit rouge.

Exécution parfaite. Ensemble plein d'harmonie et de lumière.

Bois. Haut., 30 cent.; larg., 40 cent.

LE PEINTRE

xviiie siècle

60 — *Récréation champêtre.*

Au premier plan, à l'ombre d'un grand arbre, groupe d'hommes et de femmes assis, avec un chien portant un enfant. A droite, jeune couple causant tendrement. A gauche, sur une terrasse, jeune femme causant avec un jeune homme qui cueille des fleurs en bas. Au milieu, buveurs. Maison dans le fond, et entrée champêtre vivement éclairée.

Exécution très soignée. Laisser-aller charmant des personnages.

Cadre en bois sculpté et doré, de l'époque Louis XIV.

Toile. Haut., 24 cent.; larg., 31 cent.

LÉPICIÉ (B.)

1735-1784

61 — *Fillette tenant des fleurs.*

Dans un ovale, une gracieuse fillette blonde, aux joues colorées, aux yeux bleus, a la tête légèrement inclinée vers la gauche. De ses bras, à moitié nus, elle soutient des fleurs. Dans la chevelure, un ruban bleu. C'est le charme de l'enfance dans toute sa fraîcheur.

Cadre ancien en bois sculpté et doré, de l'époque Louis XV.

Haut., 54 cent.; larg., 44 cent.

N° 61. — B. LÉPICIÉ

1.020
Leroux de Villers

MARCENAY DE GUY (Ant. de)

1724-1811

Peintre et graveur, a collaboré à *l'Encyclopédie*, auteur d'un ouvrage sur la gravure. Associé libre de l'Académie de saint Luc, artiste presqu'oublié de nos jours.

62 — *Jeux d'Enfants.*

A droite et à gauche, des enfants nus prennent leurs ébats. A droite, une chèvre objet des jeux.

Bas-relief, d'après *Bouchardon*.

Une répétition de cette peinture existe au Musée d'Épinal. « Voir les chefs-d'œuvre des Musées de France, par *L. Gonse, 1900.* »

Cadre en bois sculpté et doré, de style Louis XVI.

Toile. Haut., 23 cent.; larg., 42 cent.

MONNET (Genre de Ch.)

1732-1816

63 — *Vénus sur un lit de repos.*

La déesse apparaît avec son cortège d'amours chargés de guirlandes fleuries, avec ses colombes, avec sa nonchalance provoquante. Un voile léger retombe en draperie au premier plan. C'est la beauté qui se réveille et a conscience d'elle-même.

Toile ovale. Haut., 31 cent.; larg., 26 cent.

MOREAU LE JEUNE (Attribué à J.-M.)

64 — *La Dormeuse.*

Dans un jardin, un jeune homme, son chapeau sous le bras, les mains croisées en signe d'admi- tion, regarde amoureusement une jeune femme couchée et endormie sur un banc de bois, au pied d'un socle sur lequel est une statue de l'Amour, un doigt sur la bouche.

Ce charmant tableau a été reproduit dans les chansons de M. de Laborde.

Cet artiste a peu fait de peinture. Cependant, MM. de Goncourt mentionnent deux petits tableaux à l'huile, qui, par le choix du sujet emprunté à la *Nouvelle Héloïse*, pourraient être de Moreau.

Cadre en bois sculpté et doré, de style Louis XV.

Toile. Haut., 25 cent.; larg., 18 cent.

MOUCHET (Attribué à F.-N.)

1750-1814

65 — *L'Illusion.*

Assise sur un large lit, une jeune femme, demi-nue, joue avec un chat.

Charmante composition, finement imaginée et très soignée.

Cadre en bois sculpté et doré, de style Louis XVI.

Toile. Haut., 34 cent.; larg., 40 cent.

N° 66. — ATTR. A M. B. OLLIVIER

4,70 Duflos

OLLIVIER (Attribué à M.-B.)

1712-1784

66 — *Portrait de la comtesse d'Egmont.*

A gauche, une draperie rouge et une table recouverte d'un tapis vert, où sont posés des volumes; à droite, un fauteuil et des colonnes. Au centre, debout, la comtesse d'Egmont tient un livre d'une main et des fleurs de l'autre. Chapeau d'été. Ravissante toilette, avec tablier de dentelle. La fille du duc de Richelieu a ici la même attitude que dans le Thé à l'Anglaise chez le prince de Conti. C'est l'incarnation de la grâce, de la beauté, de l'élégance.

Très gracieux tableau, d'un fini achevé.
Cadre en bois sculpté et doré, de style Louis XV.

Bois. Haut., 27 cent.; long., 21 cent.

OMMEGANG (B.-P.)

1755-1826

67 — *Vaches au bord d'une rivière.*

Avant de rentrer à l'étable, les vaches boivent à la rivière. A gauche, un bateau aux voiles repliées, un moulin à vent sur le rivage et l'aspect d'une ville qui se perd dans l'horizon lointain. L'apaisement du soir respire dans cette très belle œuvre du maître.

Signé : *Ommegang, 1784.*
Cadre en bois sculpté et doré, de l'époque Louis XVI.

Bois. Haut., 26 cent.; larg., 33 cent.

PATER (Attribué à J.-B.)

1695-1736

68 — *Concert dans un parc.*

Auprès d'une fontaine, surmontée d'amours et à l'ombre de grands arbres, des groupes, hommes et femmes, assis et debout, écoutent un musicien qui joue de la guitare. Costumes rouges, bleus, jaunes. Près du musicien, un chien semble écouter aussi.

Très attrayant tableau.
Cadre en bois sculpté et doré, de style Louis XV.

Toile. Haut., 40 cent.; larg., 30 cent.

PILLEMENT (J.)

1727-1808

69 — *Le Matin.*

Douce clarté d'un matin d'été partout répandue. Sur une rivière, à gauche, vieux pont de bois rustique; à côté, maison de paysans. Rideau d'arbres formant le fond. Vieux chêne à droite. Au premier plan, une jeune paysanne debout reçoit les bouquets que fait un paysan assis et qu'elle ira vendre ensuite. Le paysage ensoleillé, avec ce groupe, est la poésie même. Le relief de la jeune femme est ravissant au milieu de cette solitude.

Signé : *Jean Pillement, 1791.*
Cadre à canneaux en bois sculpté et doré, de style Louis XVI.

Toile. Haut., 34 cent.; larg., 48 cent.

N° 69. — J. PILLEMENT
et 70 4.300 Roblin

PILLEMENT (J.)

1727-1808

(PENDANT DU PRÉCÉDENT)

70 — *Le Soir.*

Hauteurs boisées à droite ; à gauche, un vieux chêne, paysan avec son âne. Le soleil couchant projette sa lumière de gauche à droite ; une chèvre et des paysans au centre. Effets de lumière supérieurement rendus.

Signé : *Jean Pillement, 1791.*

Cadre à canneaux en bois sculpté et doré, de style Louis XVI.

Toile. Haut., 33 cent.; larg., 48 cent.

POELEMBURG (Corn.)

1586-1660

71 — *Baigneuses.*

Au premier plan, de droite à gauche, groupes de baigneuses sur le bord d'une rivière, ou dans l'eau. Le fond est formé par une hauteur surmontée de ruines et d'arbres du plus bel effet.

Cadre en bois sculpté et doré, de style Louis XVI.

Toile. Haut., 20 cent. 1/2; larg., 26 cent. 1/2.

PRUDHON (P.-P.)

1758-1823

72 — *La Justice divine poursuivant le crime.*

C'est une des esquises originales du tableau de Prudhon, qui est au Louvre. Caïn, après avoir tué Abel, est poursuivi par le Châtiment et la Vengeance.

Cette esquisse offre un grand intérêt pour l'histoire de l'art.

Très belle étude sur toile.

Haut., 32 cent.; larg., 40 cent.

REGNAULT (N.-F.)

1754-1829

73 — *La Nuit.*

Sur un lit en désordre, apparaît une femme, couchée, à moitié nue. Elle serre contre elle le traversin du lit. A droite, un vase de fleurs sur une étagère. Au premier plan, chaise renversée, avec des vêtements épars.

Cadre en bois sculpté et doré, de style Louis XVI.

Bois. Haut., 21 cent; larg., 30 cent.

ROBERT (École de Hubert)

1733-1808

74 — *La Cascade.*

A droite, silhouette de temple antique, précédé d'un escalier monumental. A gauche, un vieil arbre élevé. Au milieu, la cascade argentée. Dans le fond, hauteurs boisées, habitations, montagnes qui se perdent dans le loitain. Çà et là, au premier plan, groupes divers.

Ravissante composition.
Cadre à canneaux en bois sculpté et doré.

Bois. Haut., 39 cent.; larg., 27 cent.

ROBERT (Attribué à Hubert)

1733-1808

75 — *Personnages au milieu des ruines.*

A droite, un vieux temple, qui semble être celui de Vesta, deux personnages, debout, dans la lumière. A gauche, arbres élevés. Au premier plan, des ruines, groupes au pied d'une statue. Dans le fond, à droite, horizon baigné de la lumière du soleil couchant.

Œuvre pleine de la mélancolie du soir.

Toile. Haut., 31 cent.; larg., 24 cent.

SAUVAGE (P.-J.)

1747-1818

76 — *Jeux d'amours et de satyres.*

Sur un gros chien débonnaire, un amour est monté, tenant un flambeau. C'est lui le héros de la fête. A droite, de petits génies poussent le chien. A gauche, tout un groupe le tire en avant, à l'aide d'un lien enguirlandé de fleurs.

Œuvre de premier ordre.
Signé : *Sauvage*, 1792.

Toile. Haut., 26 cent.; larg., 40 cent.

SCHALL (Fr.-J.)

77 — *La Déclamation.*

Sur un lit, une jeune femme couchée, presque nue, déclame. D'une main, elle tient un livre; l'autre est tendue pour souligner les paroles prononcées. A droite, perché sur le dossier d'une chaise, un perroquet au plumage rouge. A gauche, petite table de toilette.

Grande séduction dans ce tableau.
Cadre en bois sculpté et doré, avec fronton et pendantifs de roses, de style Louis XVI.

Toile. Haut., 38 cent.; larg., 27 cent.

TAUNAY (N.-A.)

1755-1830

78 — *Une Bacchante.*

Dans une grotte ouverte sur un ciel clair, une bacchanale a lieu. A gauche, groupes dansant de satyres et de nymphes. A droite, groupes enlacés. Au centre, la bacchante, demi-nue, s'avance, danse et agite un tambourin.

Composition pleine de vie, de jeunesse, et d'une touche achevée.

Signé à gauche : *N. Taunay.*

Cadre en bois doré et sculpté, de style Louis XV.

Bois. Haut., 26 cent.; larg., 23 cent.

TAUNAY (Attribué à N.-A.)

1755-1830

79 — *Fête de village.*

A droite et à gauche, des boutiques, des marchands, des acheteurs. Nous sommes sur une place entourée de maisons. Quelques arbres dans le fond ; au premier plan, foule bariolée pleine d'entrain.

Jolie composition.

Bois. Haut., 18 cent. 1/2 ; larg., 15 cent.

VALLIN

XVIII° siècle

80 — *La Sortie du bain.*

A droite, la baignoire en marbre surmontée de la Vénus Callipyge. Dans le haut, draperie noire retombant à gauche. Au premier plan, femme nue, sortant du bain. Une servante lui jette sur les épaules un linge blanc qui forme draperie. Dans le fond, un indiscret contemple la scène.

Bois. Haut., 16 cent.; larg., 11 cent.

VAN VELDE (E.)

1633-1707

81 — *La Prise de Troie.*

A droite, dans la lumière d'un incendie, apparaît le désordre d'une ville prise d'assaut. Au pied d'une colonne intacte encore, un cheval de guerre. A gauche, vaste porte dans les ténèbres par laquelle sort Énée portant sur ses épaules son père Anchise.

Signé : *E. Van Velde, 1675.*

Bois. Haut., 20 cent.; larg., 15 cent.

VERNET (Genre de J.)

(DEUX PENDANTS)

82 — *Marines.*

Dans les deux tableaux, ruines et vieilles tours, horizon de montagnes, et pêcheurs relevant leurs filets, ou pêchant à la ligne.

Cadres en bois sculpté et doré, de style Louis XVI.

Toiles. Haut., 14 cent. 1/2; larg., 20 cent. 1/2.

WALLAERT (P.)

Né à Lille, mort à Paris

83 — *Un Naufrage.*

Au pied d'un rocher, à droite, un bateau vient d'échouer. On procède au sauvetage. Mât brisé à gauche. Dans le fond, on aperçoit un navire à voiles. Çà et là, groupes de marins. Vagues déchaînées, ciel chargé de nuages orageux.

Signé : *P. Wallaert.*
Cadre en bois sculpté et doré, de style Louis XVI.

Bois. Haut., 30 cent.; larg., 44 cent.

WATTEAU (Attribué à Ant.)

1684-1721

84 — *Mascarade italienne.*

A l'abri des bois touffus, s'avance un char de fantaisie, que traînent des personnages masqués. L'héroïne est assise, c'est Colombine, c'est la *Finette*. Elle tient une guitare, et reçoit les hommages d'Arlequin, debout auprès d'elle. Des groupes d'amoureux masqués suivent le char, d'autres sont assis. Au premier plan, fontaine surmontée de lions.

Cadre en bois sculpté et doré, de style Louis XV.

Toile. Haut., 36 cent.; larg., 46 cent.

ÉCOLE ANGLAISE (XVIIIe siècle)

85 — *Portrait d'Homme.*

En buste, de profil à gauche. Vêtement noir à parements jaunes, cravate blanche, perruque. Teint coloré. Les yeux et les sourcils noirs.

Cadre en bois sculpté et doré, de style Louis XVI.

Bois. Haut., 13 cent.; larg., 10 cent.

N° 84. — ATTR. A ANT. WATTEAU

4.000

ÉCOLE ANGLAISE (XIXe siècle)

86 — *Une Amazone.*

L'amazone s'avance de droite à gauche. Robe brune laissant entrevoir un corsage blanc. Chapeau orné d'une grande plume, cravate bleue. Dans le fond, paysage varié, et la mer.

Allure pleine d'élégance.

Toile. Haut., 33 cent.; larg., 25 cent.

ÉCOLE FRANÇAISE (XVIIIe siècle)

87 — *Le Goûter champêtre.*

A droite et à gauche, au premier comme au second plan, sur le bord d'un ruisseau, groupes divers de jeunes gens faisant la collation. On remarque, à droite, trois femmes qui ressortent dans la lumière. A gauche, un château ; dans le fond, paysage, rivière, montagnes boisées.

Toute la grâce de Lancret anime la scène.

Cadre ancien en bois sculpté et doré, de l'époque Louis XV.

Bois. Haut., 28 cent.; larg., 35 cent.

ÉCOLE FRANÇAISE (XVIIIe siècle)

(PENDANT DU PRÉCÉDENT)

88 — *Réunion champêtre.*

Le fond du tableau est analogue à celui du précédent. Montagnes, rivière, un village dans la verdure. Groupe de baigneuses à gauche. Au premier plan, à droite, au pied d'une fontaine agrémentée d'amours, couples divers ; çà et là, des enfants ; et tout à fait en avant un musicien avec sa guitare.

La séduction, le charme sont partout.

Cadre en bois sculpté et doré, de style Louis XV.

Bois. Haut., 28 cent.; larg., 35 cent.

ÉCOLE FRANÇAISE (XVIIIe siècle)

89 — *La Visite au sculpteur.*

Dans l'intérieur d'un atelier de sculpture, une dame de qualité, en toilette de ville, est assise. Elle vient d'examiner un buste de femme, en marbre, que l'artiste a posé sur une selle, et semble converser avec un gentilhomme, debout auprès d'elle. Des plâtres et accessoires se voient sur les murs nus de l'atelier.

Ce tableau, plein d'attrait, rappelle les compositions de Moreau le Jeune, pour le *Monument du Costume.*

Cadre de style Louis XV.

Bois. Haut., 30 cent.; larg., 24 cent.

ÉCOLE FRANÇAISE (XVIIIe siècle)

90 — *Le Pont rustique.*

A gauche, bouquet d'arbres et rivages, auquel le pont vient aboutir ; la rivière, une chute d'eau ; puis, à droite, une habitation avec un groupe de persongages. Dans le fond, paysage montagneux. Sur le pont, passe une femme avec un fardeau sur la tête.

Cadre en bois sculpté et doré, de style Louis XVI.

Bois. Haut., 20 cent.; larg., 32 cent.

ÉCOLE FRANÇAISE (XVIIIe siècle)

91 — *Pêcheur et Lavandières.*

Au premier plan, un pêcheur avec son chien, la rivière ; au second plan, trois femmes lavant leur linge. A droite, de vieux arbres ; à gauche, rochers et habitations. Dans le fond, paysage montagneux.

Peinture rappelant la manière de Joseph Vernet.

Signé des initiales *M. C. B.*, *1791*.

Cadre ovale ancien avec fronton ruban sculpté et doré.

Toile. Haut., 44 cent. ; larg., 37 cent.

ÉCOLE FRANÇAISE (XVIIIe siècle)

92 — *Le Jaloux.*

Caché dans l'ombre, à gauche, le jaloux observe une jeune femme assise qui apparaît en pleine clarté, au centre de la composition : Robe bleue, corsage rouge, chapeau à plumes. Auprès d'elle, est assis un galant en costume d'Arlequin. Il l'enlace. Fond de verdure à droite et à gauche, et au milieu, terrasse avec galerie de pierre.

C'est la touche de Lancret.

Cadre en bois sculpté et doré, de style Louis XIV.

Bois. Haut., 40 cent.; larg., 32 cent.

ÉCOLE FRANÇAISE (XVIIIe siècle)

93 — *Le Retour de la pêche.*

Au premier plan, un pêcheur, sur sa barque, décharge le poisson. Son chien et son fils à côté de lui. Sur le rivage, sa femme met le poisson dans une corbeille. A côté d'elle un jeune enfant. Dans le fond, à droite, un château, puis des montagnes, un pont de pierre, un village. A gauche, la maison du pêcheur.

Cadre en bois sculpté et doré, de style Louis XVI.

Toile. Haut., 30 cent.; larg., 39 cent.

ÉCOLE FRANÇAISE (XVIIIe siècle)

94 — *Portrait d'Homme.*

Sur fond gris-verdâtre, le buste d'un jeune gentilhomme se détache, tourné vers la gauche et regardant de face. Coiffure à marteau et catogan. Habit de velours noir foncé, avec jabot de dentelles. Yeux noirs.

Charmant portrait, d'une exécution pleine de charme et de vérité.

Cadre ancien, en bois sculpté et doré, de l'époque Louis XVI.

Toile ovale. Haut., 59 cent.; larg., 47 cent.

ÉCOLE FRANÇAISE (XVIIIe siècle)

95 — *Portrait présumé de la Fille de Nattier.*

De profil, à gauche, une femme jeune et gracieuse, aux yeux noirs, regarde de face. Ruban noir autour du cou. Robe décolletée, rose et blanche. Dans les cheveux, parure de perles.

Portrait en buste, finement traité.

Cadre en bois sculpté et doré, de style Louis XV.

Toile. Haut., 55 cent.; larg., 45 cent.

ÉCOLE FRANÇAISE (XVIIIe siècle)

96 — *Portrait présumé du comte de Rochambeau.*

Auprès d'un mausolée qui s'élève à droite, l'artiste a peint, en pied, le personnage vêtu du costume de général, pendant la guerre de l'Indépendance américaine. Il s'appuie sur une canne de la main droite, la gauche est étendue vers le mausolée.

Peinture très soignée.
Cadre en bois sculpté et doré, de style Louis XVI.

Toile. Haut., 23 cent.; larg., 18 cent.

ÉCOLE FRANÇAISE (XVIIIe siècle)

97 — *Portrait d'Homme.*

Vu de profil à gauche, à mi-corps, la tête presque de face, perruque avec nœud, cravate blanche et jabot de dentelle, habit de velours gris-bleu broché, avec parements dorés. Bicorne sous le bras. Toute la distinction d'un grand seigneur du dix-huitième siècle.

Cadre ovale ancien, de l'époque Louis XVI.

Toile ovale. Haut., 64 cent.; larg., 51 cent.

www.ingramcontent.com/pod-product-compliance
Ingram Content Group UK Ltd.
Pitfield, Milton Keynes, MK11 3LW, UK
UKHW022121260726
13993UKWH00003B/1156

9 782329 293714